居服員對白

——王亞茹詩集

「含笑詩叢」總序／含笑含義

叢書策劃／李魁賢

含笑最美，起自內心的喜悅，形之於外，具有動人的感染力。蒙娜麗莎之美、之吸引人，在於含笑默默，蘊藉深情。

含笑最容易聯想到含笑花，幼時常住淡水鄉下，庭院有一欉含笑花，每天清晨花開，藏在葉間，不顯露，徐風吹來，幽香四播。祖母在打掃庭院時，會摘一兩朵，插在髮髻，整日香伴。

及長，偶讀禪宗著名公案，迦葉尊者拈花含笑，隱示彼此間心領神會，思意相通，啟人深思體會，何需言詮。

詩，不外如此這般！詩之美，在於矜持、含蓄，而不喜形於色。歡喜藏在內心，以靈氣散發，輻射透入讀者心裡，達成感性傳遞。

詩，也像含笑花，常隱藏在葉下，清晨播送香氣，引人探尋，芬芳何處。然而花含笑自在，不在乎誰在探尋，目的何在，真心假意，各隨自然，自適自如，無故意，無顧忌。

詩，亦深涵禪意，端在頓悟，不需說三道四，言在意中，意在象中，象在若隱若現的含笑之中。

含笑詩叢為台灣女詩人作品集匯，各具特色，而共通點在於其人其詩，含笑不喧，深情有意，款款動人。

【含笑詩叢】策畫與命名的含義區區在此，幸而能獲得女詩人呼應，特此含笑致意、致謝！同時感謝秀威識貨相挺，讓含笑花詩香四溢！

序言

王亞茹

　　詩，在我的概念裡，是古文之類，好像很遙遠。當我遇到李魁賢老師，他給我新的理解，去認識現代詩，喚醒我的思惟。謝謝李魁賢老師，鼓勵我寫詩。可以說李魁賢老師是我寫詩的靈魂之師，學習的榜樣。在我的工作上，詩有了連結，凡工作時想到的、看到的、感受到的，想要獲得的成果與希望，都用詩來表達。

目次

010

居服工作者

妳們每天

穿越社區　鄉間

做居服工作

走進長者家裡關心長照

迎風雨　妳們微笑

對陽光　妳們高歌

聽長者的心與情

訴說昨天與今天故事

長者飯菜裡飄香居服味道

醫院檢診有居服陪伴

復健功課裡

妳們一把手一把腳

鼓勵長者動起來

身體清潔讓長者喜愛

臥床長者須翻身拍背

那扣背聲宛如華爾滋歌曲

在鼓舞

To Home Care Workers

Every day

you go through the communities and villages

to do care services at residence

entering the elders' home for long-term care.

You smile against the wind and rain

sing loudly towards the sun

and listen to the moods and feelings of the elders

talking about their histories of yesterday and today.

The foods for elders smell good in care at residence

while accompanied by home service of hospital examinations.

During the rehabilitation exercise

you move your hands and feet

in encouraging the elders to activate themselves

cleansing the elders' bodies to make them pleasant

turning over their bodies and patting on their backs as needed

which sounded like a Waltz music

to excite them.

Translated by Lee Kuei-shien 李魁賢英譯

感言

照顧過看過無數長者個案

陪著聽著他們講昨天今天過去故事

最後我的心痛苦糾結

他們從走動到使用助行器

從輪椅到臥床

人的老化說不定

也許過程會急速老化

但家庭照顧這條路漫長

有時我們要理解

今天我願意照顧別人

我們有一天需要時

也許希望別人可以好好對待我們

My Feeling

I have serviced and watched countless cases of elders' care,

listened to their stories of yesterday and today.

At last my heart was in pain to see

their movements from walking to using the walker

from by means of wheelchair to going on bed.

The aging of human being

may be changed rapidly in the process

but home care is a long way to take.

Sometimes we have to understand

I am willing to take care of others today

and hope others may treat us well

when we need someday.

Translated by Lee Kuei-shien 李魁賢英譯

談尊嚴

我們肺部積水或水腫時
治療是利尿劑
但我們會尿褲子
是醜事
讓我們覺得尊嚴和顏面盡失
覺得治療是虛榮的開始
我們幾天沒大便時
治療是瀉藥
但我們會大便在褲子上
是煩事
我們老了生病了
生活瑣事不能自理
談尊嚴
太沉重了
只能說
病掏空了自我
治療虛榮了自我
但願我們每個人都能健康善終
不要將我們
養成的自尊　維護的榮譽
頭銜　地位　權威　尊嚴
一層層剝掉

痛苦的愛

病房裡我只剩下空空軀殼
嘴巴插呼吸管
大腿裝洗腎導管
脖子打靜脈導管
因為你們的愛　捨不得我離去
卻讓我痛苦
活著受苦不是你們　是我
其實那不是愛　是自私
死人或腦死的人不會告人
只有活人才會告人
也許放手才是回歸自然

我的告白書

我變了

不知道我是誰

也不認識我家人

時間空間總在錯亂裡存在

但我活回記憶

會哭會鬧變成我專長

喜歡別人給我微笑

笑臉如溫柔開心美感

視鏡子喜悅著　我開心著

餵我吃飯和洗身體

偶爾讓我鬧鬧脾氣

醫生說

這叫遺忘病

藥物給我只是延緩惡化速度

病情的進展快速不是我決定

也許遺忘對我是幸福

孩子，
我們明白

孩子你們長大

我們老了

你們每天都很忙

工作　生活　家庭

但我們做父母活在你們空間

佔住一角

我們老了不要講太多語言

不要管太多閒事

你們講的話我們未必懂

我們講的話你們未必聽

但我們有顆愛你們的心

父母對孩子的愛如牛毛那麼多

孩子對父母的愛如剪牛毛那麼短

妠不笑我會哭

每星期三下午
是朱媽安全陪伴時間
朱媽這幾天有卡好沒
老人家
用慈祥笑臉看著我
我不想看到她長期臥床
想要她動起來
不想讓她整天靠流質維持生命
想要她生命活得有意義
朱媽
妳吞嚥功能要訓練
手腳肌力的張力要訓練
居家復健師有來吧
有
那就好　這樣我卡放心
心情要放輕鬆多笑笑
我對妳滿滿的希望
妳不笑我會哭

I Will Cry If You Don't Laugh

It's my turn to take care of Aunt Zhu

at each Wednesday afternoon.

"Aunt Zhu, do you feel better in these days?"

The old woman looked at me with a kind smile.

I don't want her staying on bed quite a long time

and would encourage her getting up to move.

I don't want her to survive on liquidity all day

rather let her to live more significant.

"Aunt Zhu, you need to train your swallowing function

also the strength of your hands and feet muscles.

Has the physiatrist come to see you? " "Yes!"

"OK! So I don't worry anymore

be relaxed and laugh frequently!

I hope you happy all the way

otherwise I will cry if you don't laugh."

Translated by Lee Kuei-shien 李魁賢英譯

同齢

我望著同齡的妳
我心在下雨
但我讓妳看不到我的雨水
歲月臉頰說著我們都是
媽媽故事
妳兒子好帥　好可愛喔
謝謝妳
風風，叫姨姨
姨！姨！
你叫風風喔　乖！
媽媽等下要上醫生叔叔的課
風風，要乖乖聽外婆的話
孩子用童稚的目珠溜我
半信半疑點頭
一剎那
我心疼不捨
傷感中夾著無奈酸雨
謝謝妳
不客氣　我們都是媽媽

後記：寫給我在國泰醫院照顧過、跟我同齡的癌症媽
　　　媽，希望她勇敢戰勝病魔。

真愛

孫伯伯對孫伯母說

妳是小太陽　妳是小寶貝

妳是小可愛　妳是我的生命

還不時觸摸她的臉頰

好像捧在手心的珠寶

這一幕好感人

人生幾十春秋

難得共相守

床上的孫伯母不能語言

張開眼　望著老伴孫伯伯

彷彿只要看著對方

就能完全透露

內心的真愛

信息

電腦長照信息：個案死亡

你們辛苦了，謝謝你們的照顧

驚訝

心情難受

想哭

服務時

我們有說有笑

總相信奇蹟會出現

但一個器官移植

你沒醒來

我們無奈不捨

放下心情祝福

天堂裡無病痛

趣味

浴缸裡裝水
老大人疑惑望著
兩位小姐，妳們做什麼
阿嬤，這是浴缸
放熱水給妳洗澡泡澡
不！我不愛洗身軀
好！不洗
阿嬤，我們來捉魚捉蝦
好嗎？
好！
水放好了
要來準備喔
阿嬤，我們要幫妳移位
阿嬤，妳腳甘有泡著水
手甘有摸著水
有！
阿嬤妳叫什麼名
我叫阿粉
阿粉阿嬤
妳今年有十八歲嗎
我都無知我今年幾歲
阿嬤我看妳最多二十幾歲
甘有？哈哈

阿嬤，其實我比妳卡大
妳作我小妹　我作妳姊姊
按呢好嗎？
好！
妳要叫姊姊
姊！姊！
不錯，妳這妹妹最乖最棒
阿嬤，妳皮膚卡嫩
白泡泡幼綿綿
有嗎？
我那會無看到半隻魚半隻蝦
不要緊，妳慢慢看慢慢捉
我們今天晚餐靠妳了

後記：在服務老人長者的工作當中，特別是面對失智的
　　　老人，長照人員在執行服務工作時，當老人情緒
　　　波動或不願意，我們服務人員就要半哄半騙的
　　　帶動老人做起來、動起來，同時老人家不管是
　　　失智或不失智，我們要多給與讚美、表揚、鼓
　　　勵、關心。

我們只想把你洗乾淨

躺在床上的你
在我們眼裡
時間　年齡　距離
是沒有界限
猶如我們的孩子
四肢僵硬痙攣
孩子，這不是你的錯
你是勇敢的
但你笑嘻嘻笑臉看著我們
發出顫抖聲音說
謝謝你們來幫我洗澡
頓時我的心多一種安慰
林大哥你好！
我們是雙連基金會的
到宅沐浴服務團隊　等下
我們沐浴專員會幫洗得很乾淨
你的心情要放輕鬆不要緊張
我只想把你洗乾淨
身上厚厚一層生鏽（角質）
洗掉
洗好了！你皮膚變白了！
現在不叫你大哥　要叫帥哥

我心裡充滿滿滿成就感
我們把你洗乾淨

後記：在我們社會的現實當中，長期臥床失能的患者或
　　　長者能認真洗過一次澡，對他們來說是幸福的
　　　事。這是一位長期躺在床上20年，身體四肢僵硬
　　　萎縮，將近10年沒洗過澡，都是靠擦澡的方式，
　　　我們到宅沐浴團隊幫他洗澡，對他來說是高興的
　　　事，對我們來說是一種工作的價值與成就感。

不好意思

嘩啦啦聲音

溫水細淌老大人身軀上

老大人閉目

溫水細細從頭頂往下身洗

水溫暖如人心

阿嬤,這樣水溫可以嗎

洗頭力道可以嗎

阿嬤,妳現在是泡在浴缸裡

泡澡喔,妳知道嗎

有!我知道

你們這樣幫我洗澡泡澡

我會不好意思

謝謝妳們

阿嬤,妳不用不好意思

要不下次換我躺在浴缸裡

妳給我洗澡泡澡

老大人噗哧一笑

阿嬤,這樣我們不會不好意思

但妳一定要先好起來

後記:到宅沐浴車是政府長照2.0服務的一項,主要是
      針對長期臥床失能的對象,減輕家屬照顧上的負
      擔,解決床上擦澡困惑。到宅沐浴車有行動浴缸

設備，有接收冷熱水安裝，執行這一項工作必須
有三個以上受過專業訓練的長照人員合作。

生命有妳

妳許家瑜　讚！

妳有輪椅終身伴舞

活出舞彩美麗

一種正面力量

讓人學習

生命受傷人人皆曉

妳總是笑臉對待

鼓勵同樣脊椎受傷者

在醫院志工隊伍裡

妳是一道光

讓每一個生命存在的意義價值

一種心靈導航走出悲傷

證明自己存在可以幫助別人

邊緣中的需要

平房裡

破舊凌亂壁癌滿牆

食物衣物灰塵夾層

站在房間裡讓人無法呼吸

妻子患多重智障疾病

丈夫照顧妻子

無奈　辛苦　辛酸　努力

政府長照2.0介入照護

但偏遠山區路途遙遠

長照人員人力有限

無法服務

對他們來說是長久等待

雖然申請到宅沐浴車服務

幫助身體清潔

環境飲食卻無從期待

在申請長照2.0的等待中

誰能幫助

在邊緣中需要照護的人

我很醜
但我很可愛

張帥哥洗身軀

偷懶不運動愛睡覺

我沒偷懶沒睡覺

這叫閉目養神

妳無知喔

姐姐妳今天不一樣

變漂亮

你嘴巴很甜會講話

妳無知我今天有吃糖果

我只是實話實說

你今天在學校有乖？

我很乖

妳不知道那些不乖學生

老師會罰站

學校都上什麼課

運動畫畫還上其他的課程

但上課內容我都忘記

哎呀　你是怎麼當學生

老師教的都忘記

妳做學生時也會呀

對　對　我也會

那你們都有什麼樣學生

有胖　有瘦　大個子　小個子的

那你是屬於哪種型

我算中等型

標準的喔

哈哈哈

也算好學生

是的　有時不笑也要裝笑

不可愛也要裝可愛

雖然我很醜但我很可愛

是是是　你很可愛

後記：張先生五十幾歲，因車禍傷到腦部，他的智商只
　　　有四、五歲小朋友的程度。星期一至星期五，白
　　　天到日照中心受照顧，就是他所說的學校。星
　　　期一、三、五下午6點會有居服員到家裡協助他
　　　洗澡。

逞強

我們有時不要逞強

我們過於逞強

所以不快樂

累就要休息

生病不舒服要看醫生

我們要好的機能

好的生活品質

快樂過每一天

當我們心情不好　不快樂時

找個朋友訴說

把我們不爽　不滿　不開心

要講出來

讓心情抒解

快樂會跟著我們

想哭就哭　想笑就笑

沒人會笑你

我的生活失去
樂趣

我的生活失去樂趣

吃飽睡飽已成我專長

不知道每天是什麼日子

幾號幾日民國還是西元

對我來說沒概念

不曉得

身體照顧清潔

我不知道

今天有洗澡　衣服有換嗎

我有家人沒

有時會有人來看我

拿東西給我吃

有時會有人叫我去洗澡

煮飯給我吃

要來去睡覺了

晚安

陪同購物

爺爺今天我們買什麼

要買很多東西

喔　好

把整個超市東西買完

哈哈哈　你啊　小鬼

我不是印鈔機

喔　我們就精打細算

這邊用品區那邊肉品蔬果區

對於每一樣產品

你認真看　詳細瞭解

對你來說

買東西不重要

瞭解東西更重要

參與的心情真快樂

小王　買一包地瓜

好　好　好

今天我們滿載而歸

你滿足笑容走進櫃台結帳

買一包地瓜

對別人是簡單事

對你來說是大收穫

身體清潔需求

我的眼眶裡

眼屎堆成小丘山

大小便臭味雜存難聞

皮膚痛癢難受

房間裡孤燈照明

我躺在床上

無助望天花板

無語

失能給我痛苦無奈

死亡的鐘聲

不知何時為我敲響

但我渴望別人

來幫助維持我身體清潔

謝謝

無奈眼淚

阿姨辛苦

沒辦法相欠債

講不完千年舊帳

無奈忍耐

說真的

投資身體是健康一部分

跟完全健康有距離

體能好心靈不健康

是種摩擦

心靈帶著記憶苦毒

年邁餘生是痛苦

需要走出來

赦免原諒

藥物有限改善情緒

只有心的力量引導

走出心靈傷害

內在累積的傷害

隨時會誘發

提醒我們

成功老化　活躍老化　健康老化

預備好

做個好老人

我希望……

走著　走著　我老了
掀開風沙歲月時
我已是
滿頭白髮蒼蒼老人
眼睛　耳朵　腦袋　腳步
都不靈光
吞嚥功能也障礙
容易嗆咳感染肺炎
但我希望
病在所安　老在所終
你們可以跟我講話大聲點
提醒我吃東西慢點
偶爾有時間陪我說說話
帶我戶外走走散散心
陪伴我想去的地方
陪伴我想做的事情
讓我有尊嚴走完後半輩子
我不要急速失智失能
我不要輪椅伴隨我

準時的批

叮咚
LINE傳遞訊息
我有聽醫生的話
會定時回診治療
厝裡一切安好
請勿掛念　多謝！
批信裡的你長大了
變得懂事堅強
我心安慰
你已經不是
醫院看病時哭鬧的小朋友
在病魔折磨下你勇敢成長
把病魔視為好友
是你生命的共同體
你就如叢林裡的候鳥
坦然　樂觀　開朗

牽手學走

牽妳的手咱來學行
用輔具協助
妳站起來
對！對！對！
阿姨，妳戰勝耐力
值得表揚
記住
心情要放輕鬆，別緊張
幫助安撫我們的神經
指令大腦
動作精準安全
相信妳可以
腳步踏卡穩
慢慢移動
一步兩步三步……
妳不要害怕
我們保護妳
雖然妳不語
但妳的動作在表達
鼓舞自己　提醒自己
妳牽幸福的手走出希望
妳數節拍挪步練習
加油！堅持是一種收穫

你睡著啦

你終於睡著啦
是那麼安寧
是那麼慈祥
這一刻起
你忘記人生悲苦
這一刻起
你忘記人體病痛
我祝福你
為你感到高興
天堂裡的大道金磚為你鋪築
天堂裡的花為你香　鳥為你語
天堂裡的天使為你歌　為你舞
世外桃源的天空為你打開
一道光

忘憂的笑容

嗨！鳳妹，妳今天有卡乖嗎？

有……

很好！棒！讚！

我是誰？

妳是……寶姨

嗯　我是寶姨

妳要乖乖聽寶姨的話

等下做兩項可愛功課

第一項練習踩腳踏車遊玩

第二項練習唸注音讀書

寶姨就給妳禮物

好！好！好！

一個好字從妳口中說出

是那麼喜氣洋洋

呈現出妳的天真無暇

忘憂的笑容

恍如妳就是幼兒初萌

禮物是同學的喜樂

外面的世界對妳來說

只是開始

洗澡是種快樂

朱爺爺，你好！我來了
你要準備洗身軀喔
我先準備洗澡要用的衣物
老人家用溫和的眼神
點點頭
朱爺爺要先泡泡腳
這樣的水溫可以嗎
如果可以的話你就點點頭
要開始洗了喔
你眼睛要閉著要從頭淋濕
你要用你的好手協助洗喔
要慢慢洗　要洗乾淨
朱爺爺，你好棒喔
聽著蓮蓬頭流水聲
老人家盡情灑水洗舞
你認真洗掉不快樂與孤獨
你認真洗去每個塵埃跟憂愁
老人家在水珠的淋浴中
陶醉自我
朱爺爺，這樣的洗澡可以嗎
老人家用肯定的眼神點點頭
哇！朱爺爺你看看自己
洗完澡整個人精神煥發

朱爺爺，我的服務時間到了
我要走了，你要照顧自己
謝謝哦
在我走出他家門那一刻
老人家用微笑的眼神
點點頭

後記：在我們的生命裡，疾病與衰老，就如我們要行走
　　　一段階梯的過程。但對於生命的熱愛是一種心
　　　態，而對於身體的清潔是一種需求。

居服員對白

080

快樂備餐

——獻給我居家照顧
長者韓先生

叮咚！門打開了

嗨！韓老師，徒弟來了

妳呀

這幾工去叨位瀟灑遊玩

鬼小機靈的丫頭

妳甘知師傅家裡鍋碗瓢盆

在表演奏鳴曲

冰箱在鬧空城計

對不起

你也知徒弟每一工

跟著時間在打滾

我們想個方法對決

向總統府申訴　向市政府申訴

向長照申訴　向公司申訴

讓你服務時數增加

哈哈　妳呀

師傅今天要學做什麼美食

起士蒸鮭魚

丫頭！薑蒜切好多練刀工法

準備酒　鹽　醋……

在這愉快樂融備餐中

我感覺到你的微笑　你的自信

鼓舞你身邊每一位朋友

雖然你是一個輪椅伴隨者
但你精神讓我們學會樂觀
自己身體上殘缺與行動不便
你都勇於坦然接受
過著每一天的生活

音樂不褪色

「孤夜無伴守燈下
清風對面吹
十七八歲未出嫁
遇到少人家
果然標緻面肉白
誰家人子弟
想欲問伊驚歹勢……」

阿嬤妳唱什麼歌
若聽起來LKK
妳無知
阮當年流行的歌
歌名叫〈望春風〉
喔……
阮是唱著這條歌
追著阮翁婿
妳甘知翁婿什麼意思
知呀！就是老公嘛
看來妳台語不錯
妳講台語
若聽起來有一種腔
這叫南洋腔
阿嬤我是過鹹水

阿嬤妳真擎唱歌

當然

阮翁婿合意聽我唱歌

可惜比我早去蘇州賣鹹鴨蛋

無法度每人都要行這條路

我很喜歡唱歌也愛唱歌

我也會唱日本歌

阿嬤，妳真厲害

我是受日本教育

阿嬤，我開YouTube妳來表演

好嗎

好！哈哈哈哈……

好好過

死亡鐘聲響起

病房裡哭泣聲悲傷

一歲孩子驚恐眼睛望著

爸爸睡著了

母親和大女兒相抱而哭

我眼睛濕潤

陳太太

陳先生已安祥離開

他沒有病痛了

妳要堅強……

一切會過去

好好過

祝福你們

後記：我曾經在北醫安寧病房照顧過陳先生，已過世，
　　　不知道遺屬過得怎樣？希望都很順利。

我渴望
被你們需要

我老了
我渴望被你們需要
年老患病語言智力損傷
溝通困難度就高
我有時覺得溝通內容
不重要
重要的是
我覺得被愛有人照顧
活著有一點點價值

老不死為賊

老而不死是為賊
要活就要動
你的話
激醒無數老人
真要謝謝你
你說
看書學習是老人家財富
慢走運動是老人家功課
修身養性氣質就會好
對於憂傷　你一笑而過
孤單落寞　你不說憂愁
辛酸的苦歌裡　你會微笑
眼下歲月悠然
坦然悠哉

我想死

我想死

病痛折磨自己

我只能無意義存活

盼望死亡到來

妳們不是我

沒辦法理解我

我只能躺在床上

望著天花板

等待妳們施捨照顧

全身水腫處處傷口

潰爛腐臭發黑

身軀空蕩虛無

我感覺無地自容

我想死

思念

感覺你存在
但已離我遠去
最初的懷念失溫
我不斷安慰自己
你的呼氣在空氣中飄盪
你的相片在對我微笑
我的心試著重來
與你心　與你情　與你愛同在
思念在徘徊

阿嬷和魚兒的情話

魚兒魚兒在哪裡

游來游來阿嬤身邊

一隻　兩隻　三隻……

這不是小金嗎

一天不見長大了

小紅　小白　小黃　都來

吃飽飽快快樂樂

自由游來游去多瀟灑

阿嬤綿綿情話

魚兒們泛起水珠樂透

成雙成對飽足喜悅

這一刻

時間好像停住

空間好像凝固

只有阿嬤和魚兒存在

快樂心情自我滿足

阿嬤和魚兒的情話戀曲

媽媽

媽媽，我們回來啦

妳是誰？幹嘛來我家

我的眼淚流下

妳有看到我家男人嗎

外號叫牛角

媽媽，就在妳面前呀！

我有五個孩子四女一男

女兒都嫁人

兩個嫁台灣兩個嫁海南

兒子在讀大學

妳知道我娘家在博鰲

我妹叫德梅做護士

我弟叫德金對我很好

妳們家在哪裡？

來一起吃飯，吃一點也好

等下上街喝茶要叫我

我要去睡覺

媽媽天真可愛

我不知要哭　還是要笑

善意謊言

阿姨！洗好澡

有洗乾淨嗎

我　都　無　知

妳給我沖水洗身軀

我不愛洗身軀

我要跟我媽媽講

妳欺負我

不，阿姨！我沒欺負妳

阿姨！妳現在

要做關節運動

不會痛的

妳不做，筋絡會越來越緊

到時妳的手壞掉

不會動喔

妳怎麼那麼嚴厲

不是我嚴厲，是要妳進步

先從手部關節開始

妳要跟著數

每個動作要做十次以上

來1、2、3、4、5……

就是這樣速度

慢慢來

很好，阿姨！妳做得很棒

有進步，不錯

繼續保持

工作

我是居家照服員

我喜歡這份工作

愛心獲得酬勞

感覺喜樂滿足

安全陪伴　簡單打掃　陪同就醫

安全沐浴　床上擦澡　翻身　扣背

安全餵食　備餐等等這些服務

熱忱帶動我

讓我放慢腳步降低我的高度

站在和你們一樣水準看世界

感受你們的喜怒哀樂

走過春夏秋冬

一起笑　一起哭　一起享受生活

我的孩子

妳好！我是亞茹
我們可以做朋友嗎
小孩子用縹緲眼光無視
我心難受

我的孩子
妳是小愛
阿姨每星期三服務
來幫妳洗澡
妳很乖
孩子！坐安全椅上
我給妳淋浴洗澡
妳頭髮好烏黑
洗澡要洗乾淨
這樣皮膚才漂亮
腋下　手指　腳趾　縫隙
要洗乾淨
妳好棒喔
乖乖讓阿姨幫妳洗澡
……
孩子無動於衷
只有天花板和牆壁是玩伴

憐惜妳
我的孩子

我愛妳

捷運上
我不經意望窗外
到竹圍站
上來乘客坐我旁邊
突然對我說：我愛妳
我內心驚嚇
沒有正眼看他
斜瞄一下
發現是一位小男生
兩手不停摩挲自己手指
嘴裡不停念
東東　強強　安安……
我正眼看了他
小男生熱呼呼看著我
笑了，緩慢說
阿姨！
我向他微笑點頭

婿阿嬤

阿嬤，妳眉毛畫歪

我幫妳畫

好！

王小姐

我今天穿套衣

漂亮嗎

很好，漂亮，有嬌！

可以去相親喔

哈哈哈　妳呀

我都幾歲啦

那妳帶我去相親

要相高富帥

不要老殘窮

好！

阿嬤，妳很會穿著

給妳按個讚

妳化妝也好看

妳可知

我帶妳出去散步

也很有面子喔

哈哈哈哈……

福山國小

目的地到達
福山國小
　　孩子們歡呼
　　lokah su'ga?　Mhway!
　　你好，歡迎光臨，謝謝
　　泰雅族語言聽起來是那麼舒服
　　雖然細雨綿綿山巒連環
　　溫度稍比淡水涼意
　　孩子們熱情滿滿
　　我跟孩子一樣
　　聽老師介紹泰雅的文化
　　美食、馬告咖啡、竹筒飯
　　讓我們期待兩天一夜
　　福山國小的泰雅族生活

含笑詩叢18　PG2596

 居服員對白
　　　──王亞茹詩集

作　　　者	王亞茹
責任編輯	陳彥儒
圖文排版	蔡忠翰
封面設計	蔡瑋筠

出版策劃	釀出版
製作發行	秀威資訊科技股份有限公司
	114 台北市內湖區瑞光路76巷65號1樓
	電話：+886-2-2796-3638　傳真：+886-2-2796-1377
	服務信箱：service@showwe.com.tw
	http://www.showwe.com.tw
郵政劃撥	19563868　戶名：秀威資訊科技股份有限公司
展售門市	國家書店【松江門市】
	104 台北市中山區松江路209號1樓
	電話：+886-2-2518-0207　傳真：+886-2-2518-0778
網路訂購	秀威網路書店：https://store.showwe.tw
	國家網路書店：https://www.govbooks.com.tw
法律顧問	毛國樑　律師
總 經 銷	聯合發行股份有限公司
	231新北市新店區寶橋路235巷6弄6號4F
	電話：+886-2-2917-8022　傳真：+886-2-2915-6275

| 出版日期 | 2021年8月　BOD一版 |
| 定　　　價 | 200元 |

國家圖書館出版品預行編目

居服員對白：王亞茹詩集/王亞茹著. -- 一版.
-- 臺北市：釀出版, 2021.08
　　面；　公分. -- (含笑詩叢；18)
BOD版
ISBN 978-986-445-508-9(平裝)

863.51　　　　　　　　　110011715